Ultimo Sogno

Un incubo

Translated to Italian from the English version of

Last Dream

Dr. Ankit Bhargava

Ukiyoto Publishing

Tutti i diritti di pubblicazione mondiali sono detenuti da
Ukiyoto Publishing
Pubblicato nel 2023

Contenuto Copyright © Dr. Ankit Bhargava
ISBN 9789360166502

Tutti i diritti riservati.
Nessuna parte di questa pubblicazione può essere riprodotta, trasmessa o conservata in un sistema di recupero dati, in alcuna forma o con qualsiasi mezzo, elettronico, meccanico, fotocopiatura, registrazione o altro, senza il previo permesso dell'editore.

I diritti morali dell'autore sono stati rivendicati.

Questo è un'opera di finzione. Nomi, personaggi, attività commerciali, luoghi, eventi e situazioni sono frutto dell'immaginazione dell'autore o utilizzati in modo fittizio. Ogni somiglianza con persone reali, viventi o decedute, o eventi reali è puramente casuale.

Questo libro viene venduto con la condizione che non possa essere, in alcun modo, commerciato, prestato, rivenduto, noleggiato o circolato senza il previo consenso dell'editore, in alcuna forma di legatura o copertina diversa da quella in cui è stato pubblicato.

www.ukiyoto.com

Questo libro è dedicato a tutti gli amanti
Salute!!!

Prefazione

Tutti hanno un sogno, prima o poi, nella loro vita, che volevano disperatamente realizzare. Un sogno che avete visto, per il quale avete lavorato duramente, che vi ha ripagato, ma che una singola persona ha distrutto proprio davanti ai vostri occhi. Si rimane sorpresi, senza parole, incapaci di capire cosa diavolo stia succedendo. La vita scorre veloce. State guardando il vostro sogno che viene fatto a pezzi, tutto quello che volevate per salvarlo, ma purtroppo non avete scelta e Dio, il tempo e quella persona stanno giocando con voi e vi distruggono centimetro dopo centimetro. Dopotutto è scritto:

"L'amore è dare a qualcuno il potere di farti del male e sperare che non lo faccia".

Questa storia ruota attorno ad Ankit e Kriti. Questa storia vi darà un'idea del suo sogno, per realizzare il quale conoscerete la sua determinazione, il duro lavoro e la follia. Quando un sogno a lungo desiderato da Ankit si realizza, dopo pochi giorni, si rivela il più grande incubo della sua vita e lo distrugge completamente.

Riconoscimento

Prima di tutto, vorrei ringraziare sinceramente i miei genitori, amici e parenti per aver creduto in me e avermi incoraggiato a scrivere questo libro.

Apprezzo anche tutti i miei lettori per la fiducia e la lettura del mio lavoro.

Farò del mio meglio per fornire a tutti voi, a breve, materiale di qualità da leggere su diversi argomenti.

In anticipo, mi scuso con tutti se ci sono errori o sbagli che trovate nella mia scrittura, dato che è il mio primo lavoro, ma prometto di continuare a migliorare il mio lavoro con il supporto di tutti i lettori con il tempo.

"Amare ciecamente, sinceramente, ma fidarsi praticamente."

Grazie di cuore. Vi amo tutti!

CONTENUTI

IL MATRIMONIO DI MIA SORELLA	1
AMICIZIA	5
PRIMO INCONTRO	11
PERIODO IMPEGNATIVO	18
CERIMONIA DEL NIPOTE	21
Compleanno di KRITI	26
DECISIONE FINALE	34
LA FASE PIÙ FELICE	43
GIORNO DELLE NOZZE	53
PERIODO DI LUNA DI MIELE	57
SOGNO DISTRUTTO	67
Sull'Autore	*77*

IL MATRIMONIO DI MIA SORELLA

Stavo facendo il mio tirocinio quando l'ho incontrata per la prima volta al matrimonio di mia sorella. Il giorno in cui la famiglia di mio cognato arrivò in albergo, lei era l'unica ragazza di circa 24 anni che riuscii a vedere in mezzo a un gruppo di persone anziane.

I miei occhi si sono incollati a quel bel viso con capelli di seta, occhi azzurri, una figura ben curata, un bel sorriso, e tutti urlavano "setosa" "setosa". È così che ho conosciuto il suo nome abbreviato, con cui la gente la chiamava con affetto, ma ancora non conoscevo il suo vero nome e stavo cercando di capire come iniziare la conversazione con lei.

Da qualche parte, dentro di me, pensai che non era la mia tazza di tè, lasciamo perdere l'idea; il suo viso era pieno di atteggiamenti, quindi temevo abbastanza per parlarle.

Ho avuto un sacco di problemi con il cuore e con la mente. Così, alla fine, ho abbandonato l'idea e mi sono occupato dei preparativi per il matrimonio. Una parte della mia mente non riesce ancora a smettere di pensare al suo fascino e alla sua bellezza.

Essendo il fratello della sposa, ero molto richiesto ovunque, anche per piccole cose la gente chiedeva il mio aiuto. Era una calda giornata d'estate, con 46 gradi di temperatura, e stavo passando davanti alla sua stanza nell'atrio, il mio battito cardiaco divenne più veloce, dove lei stava con sua madre, all'improvviso sentii una bella voce da dietro; "mi scusi", dissi: "Sì".

Lei rispose: "Ho sete e non conosco nessuno qui, puoi procurarmi dell'acqua per favore?".

Era la prima volta che facevamo una piccola conversazione e, mentre parlava, mi perdevo completamente in lei. Il mio cuore batteva sempre più forte. Mi sono controllato, ho ripreso coscienza e ho detto: "Certo, mi organizzerò per te".

Lei rispose: "Grazie".

Volevo prolungare la conversazione per avere più tempo per vedere il suo bel viso, così dissi: "A proposito, io sono Ankit".

Lei rispose: "Lo so, sei il fratello di bhabhi, vero?".

Io risposi: "Sì, e tu?".

Lei rispose: "Kriti Sharma".

Le ho detto: "Piacere di averti conosciuto" e mi sono allontanata perché dovevo prendere altri accordi dicendo: "Ok, ti preparo l'acqua e ci vediamo più tardi".

Lei ha sorriso ed è entrata nella stanza. Dissi subito al cameriere di servire l'acqua al suo posto, ero al settimo cielo e me ne andai da lì, ma il mio cuore rimase solo in albergo.;-)

La sera dello stesso giorno, Kriti stava parlando con mia madre e le raccontava di sé. Improvvisamente l'ho vista, anche se è un'ottima occasione per parlarle, così all'improvviso mi sono buttata nella conversazione, e poi qualcuno ha chiamato mia madre, e siamo rimaste entrambe sole a parlare. La nostra discussione:

Ankit: Allora, cosa fai?

Kriti: Ho completato la mia laurea e il diploma in formazione per hostess e sto cercando un lavoro nel settore delle compagnie aeree.

Ankit: Il padre di un mio amico ha un buon posto in una compagnia aerea, se vuoi posso aiutarti a trovare migliori prospettive di lavoro.

Kriti: Perché no! (sorride)

Ankit: Mandami il tuo curriculum. Glielo inoltrerò.

Kriti: Qual è il tuo numero di contatto e il tuo indirizzo e-mail?

(Ero così felice che finalmente ci stavamo scambiando i nostri numeri). Ho dato i miei recapiti e il mio indirizzo e-mail, ci siamo sorrisi a vicenda e all'improvviso qualcuno mi ha chiamato mentre iniziavano tutti i rituali del matrimonio.

Ankit: Ok, è stato un piacere conoscerti. Ci sentiamo più tardi.

Kriti: Certo.

(Dopo questa frase, entrambi ci siamo diretti verso il palco. Io ero occupato con i rituali e gli altri accordi con i miei fratelli cugini, mentre lei si sedette vicino al palco con sua madre).

Tutti i rituali del matrimonio sono andati bene, mia sorella è andata nella sua nuova casa e tutti i parenti e le altre persone sono partiti per le loro case, così come io.

Non ho avuto la possibilità di salutare Kriti, ma da qualche parte ero felice di avere il suo numero e di poterla chiamare in qualsiasi momento.

Siamo partiti tutti per le nostre rispettive case e io sono tornata a Rohtak, dove stavo facendo il tirocinio e sono tornata nel mio ospedale.

AMICIZIA

Il tempo passa e anche dopo dieci giorni non ho ricevuto il suo curriculum. Allora ho pensato di chiamarla, ma lo stesso giorno ho perso il mio cellulare da qualche parte e così ho perso anche il suo numero di telefono.

È stato un movimento tragico e doloroso per me e stavo pensando a come contattarla.

Non posso nemmeno chiedere aiuto a mia sorella perché nessuno sa cosa succede nella mia mente. Ero così terrorizzata e mi veniva da piangere e pregavo Dio di fare una magia per trovare il suo numero.

Dopo due giorni, improvvisamente, ho ricevuto una sua mail che diceva:

"Caro Ankit,

Ho provato a chiamarti, ma il tuo telefono non è raggiungibile. Chiamami non appena ricevi questa e-mail; ho anche allegato il mio curriculum".

Dopo aver letto l'e-mail, sorridevo ed ero così felice di aver riavuto il suo numero. Ringraziai Dio.

Senza perdere tempo l'ho chiamata:

Ankit: Ciao, Kriti. Come stai? (I miei battiti cardiaci sono più veloci e forti a causa del nervosismo)

Kriti: Sto benissimo, e tu?

Ankit: Sono contento e mi dispiace di aver perso la tua chiamata perché il mio telefono si è perso e ho portato un nuovo cellulare e francamente ho perso anche il tuo numero.

Kriti: Oh!!! (in silenzio per un po') Beh, nessun problema.

Ankit: Allora, come va la vita?

Kriti: Sta andando bene

(Entrambi siamo rimasti in silenzio per un po' e poi)

Ankit: Ok, inoltrerò il tuo curriculum al padre del mio amico, e poi vediamo?

Kriti: Ok, certo. Ciao, stammi bene.

Anche se avrei voluto parlare di più, ma a causa del nervosismo non ci sono riuscita. Beh, ho inoltrato il curriculum al padre del mio amico e gli ho chiesto: "Per favore, zio, fai qualcosa, è una questione di amore e di orgoglio".

Mi assicurò che avrebbe fatto del suo meglio, visto che gli avevo anche parlato dei miei sentimenti per lei.

La vita va avanti, i giorni passano, poi all'improvviso un giorno il mio telefono squilla. Era il telefono di Kriti.

(Oh mio Dio! Ero al settimo cielo e il mio battito cardiaco divenne di nuovo più veloce e forte).

Mi controllai e risposi alla sua chiamata:

Ankit: Ciao, come stai?

Kriti: Sono entusiasta. Indovina un po'? (Stava saltando e ridendo)

Ankit: Cosa?

Kriti: Ho ottenuto il lavoro nella compagnia aerea indiana e tutto grazie a te. Grazie mille.

Ankit: Wow! Grande notizia! È l'ora della festa e non ringraziarmi, non ho fatto nulla, siamo amici giusto, quindi in amicizia, no grazie no scusa. (Anch'io stavo sorridendo)

Kriti: No! No! È tutto merito tuo! Sono felicissima e non ho mai riso così tanto in tutta la mia vita. Ho lottato per il lavoro negli ultimi sei mesi e, grazie a te, è successo in pochi giorni.

(Posso benissimo immaginare il suo viso come sarebbe stato bello). In quel periodo non esistevano né le videochiamate né WhatsApp. Anche i telefoni cellulari erano modelli base e venivano usati solo per chiamare e mandare messaggi.

Avevo voglia di prenderla tra le braccia, ma purtroppo ero lontano...:-))

I giorni passavano, entrambi eravamo impegnati nei nostri rispettivi lavori. Di tanto in tanto, alcune volte, abbiamo avuto delle piccole conversazioni al telefono. Nel frattempo, il mio tirocinio si concluse e fui ammessa al master.

Mi trasferii a Bangalore. Tuttavia, il mio cuore batteva per lei. Era il mese di dicembre, stavo controllando l'elenco del mio telefono e, mentre lo scorrimento si interrompeva improvvisamente, il numero di Kriti lampeggiava,

(Ho pensato che erano passati così tanti giorni che non ci eravamo parlati).

Così l'ho chiamata, ma non ha risposto. Ho pensato che potesse essere occupata, così ho lasciato il telefono e mi sono dedicato al mio lavoro.

Nella notte, verso l'una, il mio telefono ha squillato. Ero in una fase di mezzo sonno, un po' irritato per la chiamata.

(Con rabbia, chi sta chiamando questa volta, che diavolo), quando ho visto il mio telefono era Kriti che chiamava........

Oh! Dio, sono saltato giù dal letto, tutta la mia pigrizia è sparita, ero così felice, e di nuovo il mio cuore ha iniziato a battere velocemente, ma ho controllato e ho risposto alla chiamata:

Ankit: Ehi! Ciao, come stai?

Kriti: Ciao, sto bene. Scusa se ho perso la tua chiamata. Ero in ufficio e sono appena tornata a casa. In ufficio non si possono usare i telefoni, quindi ho risposto immediatamente appena ho visto la tua chiamata persa.

Ankit: Non c'è problema. Sei arrivato così tardi? (domanda curiosa)

Kriti: Sì, lavoro nel turno degli Stati Uniti, quindi oggi sono arrivata presto; di solito arrivo verso le 4 del mattino.

Ankit: (Sorpreso) Oh!

Kriti: Hai dormito? Ti ho disturbato?

Ankit: No! Per niente.

(Questa conversazione è andata avanti per 4 ore, e abbiamo parlato delle rispettive famiglie, del nostro passato, dell'istruzione, ecc.)

In tutta questa conversazione, ho saputo che i suoi genitori hanno divorziato e che la sua vita è stata piena di problemi fin dall'infanzia. Inoltre, di recente ha affrontato la rottura di una relazione di quattro anni. Per coincidenza, anch'io ho avuto la stessa rottura dalla mia relazione matura di sette anni. Da qualche parte ho iniziato a provare simpatia per lei. Allo stesso tempo, anche il mio cuore batteva per lei.

Quindi, entrambi stavamo attraversando la nostra fase emotiva traumatica. Entrambi avevamo bisogno del sostegno amorevole dell'altro.

Forse è questo il motivo per cui ci siamo incontrati.

"Sento che ci deve essere una ragione dietro, per ogni persona che incontriamo nella nostra vita".

Ho iniziato a pensare a lei giorno e notte. Il suo bel viso non mi lascia mai solo. I giorni passavano e le nostre conversazioni diventavano sempre più lunghe; alcune duravano anche 12-18 ore.

Da qualche parte ho capito che stavamo entrando in sintonia, perché abbiamo iniziato a condividere ogni singolo segreto, pensiero, dolore, felicità.

È stato il momento in cui non mi sono mai sentita così sicura di me, felice, ed era come se fossi in un altro mondo di sogni. Inoltre, la sua carineria, il suo viso d'angelo mi eccitavano ogni secondo di più.

PRIMO INCONTRO

Sono passati quasi nove mesi; fino ad ora avevamo conversato telefonicamente solo per alcune ore. Ora volevo disperatamente vederla. È passato molto tempo.

(Volevo stringerla tra le mie braccia, baciarla).

Avevo anche completato il mio master e avevo trovato lavoro a Bangalore, quindi le ho chiesto di incontrarci un giorno e di passare una giornata insieme.

(Forse anche lei voleva conoscermi).

Abbiamo deciso di incontrarci questo fine settimana a Delhi. Ieri sera, prima del giorno dell'incontro, mi sono preparato a dovere perché, dopo il matrimonio di mia sorella, la incontrerò per la prima volta. Il giorno dell'incontro è arrivato. Era il mese di marzo, il giorno dell'incontro ero così felice ed emozionato di incontrarla, e mi aspettavo lo stesso anche da parte sua.

Mi sveglio presto, intorno all'una di notte, perché devo prendere il mio primo volo del mattino; la strada da casa mia all'aeroporto era di 20 minuti e volevo arrivare il prima possibile, per non fare tardi. Volevo passare sempre più tempo con il mio amore della vita.

(Ero così eccitato di vederla che non riuscivo a pensare a nulla, la mia mente era piena dei suoi pensieri. Non so da dove prendessi tanta energia).

Ha chiamato sua sorella cugina di nome: Chandini e anche il suo ragazzo Raj. Arrivammo tutti al punto d'incontro in orario; il momento più bello era arrivato, che stavo aspettando da così tanto tempo, quando scese dall'auto-risciò e ricevetti il suo primo sguardo,

(OMG! Mi si è bloccato il cuore che batteva così forte e veloce).

La fissavo continuamente; era così bella e graziosa nel suo top blu e nei suoi jeans.

Quel giorno, si era legata i capelli a forma di pony,

(Le ragazze in pony mi affascinano sempre, in quanto ha begli occhi, un viso rotondo e splendente, capelli setosi e castano chiaro, lineamenti netti, una figura sexy e sexy ben curata e labbra morbide e rosa).

Non riuscivo a resistere a guardarla continuamente, perdevo i sensi e mi perdevo completamente nella sua bellezza.

All'improvviso, una voce mi interruppe: "Jiju" (rimasi sciocato e tornai in me), era Chandini.

Dissi: "Cosa? Cosa hai detto poco fa? (Ero arrossito e felice dentro di me).

Chandini: Niente dove hai perso. Ahem Ahem!!! (mi stava prendendo in giro).

(So che Chandini e Kriti erano anche amiche intime, credo che anche lei abbia la stessa sensazione che ho io e forse le ha raccontato molto di me).

Per prima cosa andammo tutti e quattro a vedere un film. Nella sala del cinema, lei si è seduta accanto a me e poi Chandini e il suo ragazzo. Sentivo che Chandini cercava di mettermi a mio agio e voleva anche darci un po' di privacy (forse anche lei voleva la stessa cosa........ ha!ha!).

La mia attenzione era tutta rivolta a lei e alle sue labbra. Ogni volta che sorrideva, sentivo una tempesta dentro di me.

(In quel particolare momento, volevo tenerla tra le mani. Volevo stringerle le guance, baciare le sue labbra rosate. Queste cose erano solo nei miei pensieri).

Inoltre, non voglio perderla a causa della mia stupidità, non essendo sicuro dei suoi sentimenti per me.

Non voglio che questa amicizia si rompa, quindi mi sono controllato.

Mentre ero impegnato nel mio mondo e continuavo a fissarla, lei si è avvicinata improvvisamente a me; ero così spaventato che ho spostato il viso dall'altra parte. Con mia grande sorpresa, dall'altra parte, sia Chandini che Raj mi stavano guardando e tutti sorridevano.

(Ero arrossita e anche imbarazzata).

Chandini: (Ancora una volta ha iniziato a tirarmi in ballo), cosa Jiju!!!, guarda il film, non mia sorella Kriti (Ha sorriso).

Ankit: Sì, sto guardando solo il film. (Ho sbattuto le palpebre e ho ricambiato il sorriso).

Poi ho guardato verso Kriti, per vedere la sua reazione e anche lei stava sorridendo. (Penso che anche lei abbia notato e forse capito il mio sentimento che mi piace molto e che sono innamorato pazzo di lei).

Dopo il film, andammo in un parco divertimenti vicino alla sala cinematografica, dove venni a sapere della sua follia per le giostre acquatiche e del fatto che era una brava nuotatrice. Ci godemmo alcune gite insieme.

(Per tutto il tempo ero preso da lei e mi godevo ogni secondo del mio tempo).

La sera, verso le 18.00, c'era una danza della pioggia; abbiamo avuto abbastanza tempo per il programma della danza della pioggia. Non abbiamo mangiato nulla dal mattino. Era già pomeriggio inoltrato e tutti stavamo morendo di fame, così siamo andati al ristorante vicino e abbiamo ordinato del cibo. Mentre mangiavamo, Chandini mi fissava continuamente e osservava ogni mia mossa.

L'ho vista fare così e le ho chiesto: "Ehi, cos'è successo?

Chandini: (con aria divertita) Niente, jiiijjjjuuuu, e mi fece un sorriso furbo.

Vidi Kriti che mostrava gli occhi grandi a Chandini; sembrava che non volesse sapere qualcosa di me.

Fino a quel momento, ero mezzo sicuro dei suoi sentimenti, se anche lei la pensasse come me, ma dopo quell'incidente o suggerimento che dir si voglia, ho capito che qualcosa sta succedendo anche dentro di lei.

Forse ha paura di perdermi o di iniziare una nuova relazione a causa delle sue esperienze passate.

Allo stesso tempo ero curioso di sapere come si sentiva, ma non potevo chiederglielo direttamente, forse si sarebbe arrabbiata.

(Ho pensato di lasciar perdere, qualsiasi cosa accada, lascia che accada. Andiamo piano con lei).

Quando abbiamo finito di pranzare, erano le 17.30 e il programma stava per iniziare, così ci siamo precipitati al locale; l'ambiente era piuttosto bello, il DJ rumoroso e molte coppie. Eravamo ipnotizzati dagli allestimenti.

Alle 18.00 precise è iniziato il programma e tutti noi ballavamo, l'acqua ci pioveva addosso e le canzoni romantiche ad alto volume ci facevano bagnare di sudore oltre che di acqua. Ho guardato Kriti.

OMG!!! Era così bella, sexy e sexy con un corpo perfetto e stretto nei suoi vestiti bagnati, le labbra rosate, i peli aperti completamente bagnati.

(Francamente, mi eccitava, ma mi controllavo).

Più che la musica, mi piaceva ballare con lei.

(La prima volta che l'ho presa in braccio mentre ballavo, avevo entrambe le mani intorno alla sua vita, eravamo così vicini che potevo ascoltare i suoi battiti cardiaci e il suo respiro veloce, la sensazione era incredibile).

Mentre ballavo, l'ho guardata negli occhi, ho capito che era timida e non riusciva a esprimere i suoi sentimenti, ma ho percepito le sue emozioni, quanto fosse felice e si stesse godendo appieno la giornata.

Erano le 19.30, lei doveva raggiungere il suo ostello prima delle 21.00 perché aveva un turno d'ufficio intorno alle 2.00, quindi siamo partiti tutti dal parco divertimenti per raggiungere il suo ostello dopo esserci cambiati, il che significava percorrere 10 km.

Abbiamo preso un auto-rickshaw e abbiamo raggiunto il suo ostello in circa 30 minuti. Non appena ci siamo avvicinati al suo ostello, il mio cuore si è riempito di lacrime. Mi controllavo con forza perché non volevo che questo momento finisse. Volevo fermare il tempo. Ho cercato di stare sempre di più con lei.

Come sapete, il tempo non si ferma mai per nessuno, eppure è successo.

Era arrivato quel triste momento in cui tutti dovevamo partire e dirigerci verso le nostre rispettive case.

Così, con il cuore pesante, ho abbracciato Kriti e Chandini e le ho salutate, prendendo un taxi per l'aeroporto per prendere il mio volo del mattino presto per tornare a casa.

(Da qualche parte Chandini e io siamo entrati in sintonia anche dal punto di vista emotivo, perché abbiamo entrambi un carattere simile. Anche io ho iniziato a piacerle, come nel caso della relazione tra jija e saali... piena di amore e di Masti .....hehe).

Mentre andavo all'aeroporto, ho tirato fuori il cellulare, ho tenuto le cuffie e ho iniziato ad ascoltare musica romantica, per tutto il viaggio ho pensato a lei, e dentro di me piangevo perché non sapevo quando l'avrei incontrata.

Poi, all'improvviso, ho ricevuto un messaggio da Kriti:

"Grazie per aver reso il mio giorno speciale; non ho mai provato tanta felicità in vita mia. Sai che anche Chandini ti ha apprezzato molto...".

(Dopo questo messaggio ero così felice, arrossendo e sorridendo).

Ho risposto (in modo flirtante): "Anche tu mi hai rallegrato la giornata e mi sono sentito più in sintonia con te.

Eri così bella che non potevo nemmeno resistere a guardarti. Ho amato anche Chandini. Penso che avremo un grande legame".

Kriti ha risposto: "Davvero! (sorride). Beh, ora concentrati sul tuo lavoro. Hehe".

(Al mattino raggiunsi casa mia e mi preparai per l'università. Era la fine di una giornata bellissima e memorabile).

PERIODO IMPEGNATIVO

La sfida era quella di sviluppare la fiducia e farla innamorare di nuovo, perché fin dall'infanzia aveva visto molte cose tra i suoi genitori e poi la rottura con un fidanzato, tutti questi episodi l'avevano completamente distrutta, era difficile per lei fidarsi di nuovo di qualcuno e innamorarsi. Ha sviluppato anche la fobia del matrimonio.

Accettai la sfida e iniziai a sognare di stare con lei 24 ore su 24, 7 giorni su 7. Forse ho iniziato ad amarla in modo così profondo e puro.

Sono un uomo molto romantico e premuroso che ama fare sempre qualcosa di creativo e unico.

Era il mio amore, quindi ovviamente dovevo fare molte cose per il mio amore per sorprenderla.

Così, ho iniziato a fare lo stesso per lei per vedere l'incredibile sorriso sul suo volto.

Era il mese di maggio quando iniziò ad avere uno o più problemi di salute, si ammalava sempre e per questo motivo lasciò il lavoro e tornò nella sua città natale per iscriversi al master. Tuttavia, eravamo ancora in contatto telefonico regolarmente.

A questo punto, non avendo più un lavoro, abbiamo iniziato a passare sempre più tempo al telefono. In media, 4-8 ore al giorno, addirittura abbiamo registrato 18 ore di telefonate continue.

Dato che il mio lavoro non era regolare, avevo anche molto tempo per parlare, inoltre, francamente, in quel momento, lei era la cosa più importante per me, persino del mio lavoro.

Continuavo a flirtare con lei e a dirle i miei sentimenti, ma lei rispondeva sempre con disinvoltura.

Iniziai a scriverle regolarmente delle lettere. Mandavo biglietti fatti a mano e poesie romantiche scritte di mio pugno per farle sorridere.

(Ovviamente anche per impressionarla. Hehe!!! Ero abbastanza sicuro che qualsiasi cosa stessi facendo, questo duro lavoro mi avrebbe ripagato in futuro, e nessuno aveva fatto così tanto per la sua felicità fino ad oggi).

Le mie intenzioni non sono mai state quelle di ottenere qualcosa in cambio. Stavo facendo tutto il lavoro duro per mantenere Kriti felice e sorridente, qualsiasi cosa fosse sotto il mio controllo, avrei dovuto fare per la sua felicità.

Anche le mie lettere e i miei biglietti indicavano il mio sentimento di amarla così tanto. Forse anche lei si è fatta questa idea, lo spero.

Cantavo e suonavo con la Casio le sue canzoni preferite, le registravo e le inviavo al suo cellulare.

In quel periodo anche i miei genitori stavano cercando una ragazza per me. Avevo già 27 anni; c'era la pressione di sposarsi.

(Dentro di me so che un giorno lei mi dirà di sì).

ma dovevo combattere con la sua paura, le sue percezioni, ecc.

Io e mia sorella eravamo molto unite, quindi le avevo già parlato dei miei sentimenti, e lei conosce la famiglia abbastanza intimamente, ma comunque dice sempre che Kriti è adatta come amica ma non come compagna di vita.

Ovviamente ero cieco d'amore, quindi non le ho mai dato retta, e a volte abbiamo anche avuto discussioni accese e litigato.

Ho iniziato a pensare che non le piacesse, per questo non voleva che mi sposassi con lei.

(Ma aveva ragione, cosa che ho capito più tardi nella mia vita).

CERIMONIA DEL NIPOTE

Ad ogni modo, i giorni passavano, c'era la prima funzione del figlio di mia sorella, così ho avuto la possibilità di visitare Haridwar (un luogo a cui appartiene anche lei).

Ero molto eccitata all'idea di incontrarla di nuovo, e tante cose si sono sviluppate tra noi dal nostro ultimo incontro.

Il giorno della funzione, aspettavo disperatamente che arrivasse. Erano già passate 2 ore dall'inizio dell'evento, ma lei non era ancora arrivata.

Stavo diventando molto impaziente e anche nervoso.

Ero immersa nei miei pensieri e all'improvviso l'ho vista con sua madre.

(Dentro di me mi sentivo molto nervosa ed eccitata, anche se i battiti del mio cuore erano più veloci e più forti. Cercavo il modo di avvicinarmi a lei, perché c'erano tanti parenti nelle vicinanze, compresi i miei genitori).

Oh Dio! Sembra una principessa nel suo abito churidar salwar.

(In questi mesi è diventata più in forma, probabilmente grazie al nuoto a cui si era iscritta dopo essere tornata a casa).

Fuori è iniziato il pranzo. Ho visto che Kriti stava andando a pranzo con sua madre.

Sono andata anch'io dietro e quando si erano già servite il cibo da sole e stavano in piedi in un angolo a mangiare.

Sono andata a chiedere a sua madre: Come stai, zia? Va tutto bene!

(Anche se stavo parlando con sua madre, ma la mia mente e i miei occhi erano solo su di lei, che stava anche sorridendo).

Sua madre rispose: Sì, va tutto bene, figliolo. Come stai?

Io risposi: Sì, tutto bene zia.

Poi mi sono avvicinata a lei e le ho chiesto: Come stai, Kriti?

Kriti: Tutto bene.

(Sua madre si è spostata dall'altra parte e ha parlato con una persona conosciuta, così abbiamo avuto la possibilità di chiacchierare in privato).

Ankit: Volevo dirti qualcosa, perché non posso più nasconderlo a te?

Kriti: Cosa?

Ankit: Ti voglio nella mia vita per sempre. Non posso vivere senza di te. TI AMO!

Kriti: (Silenzio)! (Senza rispondere) si è spostata mentre arrivava sua madre.

Ma vidi la felicità nei suoi occhi, dato che anch'io le piacevo, ma ero comunque nervoso, curioso di conoscere i suoi sentimenti.

(Era una ragazza introversa, quindi non permetteva alle sue emozioni di emergere rapidamente. Forse la paura di perdere è anche un'altra ragione per essere qui in quel modo).

Tutti tornarono a casa, ma io non riuscivo ancora a sistemarmi. Ero un po' preoccupata per la sua risposta e pensavo anche se la mia amicizia sarebbe rimasta la stessa o meno.

Sono tornato a Bangalore e mi sono occupato del mio lavoro. Era la prima volta che non chiamava per tre giorni; ora ero un po' scettico, forse era arrabbiata o si stava prendendo del tempo per pensare alla mia proposta.

(Quindi, molti pensieri positivi o negativi mi passavano per la testa).

Passata una settimana, ancora nessuna chiamata, nessun messaggio da parte sua, finalmente la chiamai.

Ha risposto:

Kriti: Ciao! Come stai?

Ankit: Sto bene, cosa è successo? Perché non mi hai chiamato nell'ultima settimana?

Kriti: Ehi! Scusa, non stavo bene e avevo bisogno di tempo per pensare a noi due.

Ankit: allora, cosa hai pensato?

Kriti: Non lo so, ma sì, sei la mia migliore amica di cui mi posso fidare.

So benissimo che sarei felice con te e che ti prenderesti cura di me. So anche che il tuo amore è vero, e lo percepisco fin dal primo giorno in cui ci siamo incontrati. So anche che mi amerai come nessuno sa fare.

Ma ho un po' di paura, quindi ti prego di darmi ancora un po' di tempo per pensare e prepararmi.

Ankit: Non c'è problema, cara, almeno sono felice di sapere che provi lo stesso sentimento che provo io, quindi prenditi il tuo tempo fino ad allora, lascia che faccia del mio meglio per impressionarti di più. (Entrambi ridono forte).

Bene! Come va la tua salute ora?

Kriti: Sì, ho preso le medicine, quindi sto un po' meglio.

Ankit: Sai, ora sono un po' sollevato.

Kriti: Perché?

Ankit: non mi hai chiamato da una settimana, quindi ero preoccupato e temevo di perdere te e la tua amicizia. Ho pensato che potessi essere arrabbiata con me.

Kriti: (con un lungo respiro), perché dovrei essere arrabbiato con te? Quel giorno mi hai parlato dei tuoi sentimenti, ma io lo sapevo fin dal primo giorno in cui ci siamo incontrati.

Il modo in cui mi hai sempre guardato, i tuoi occhi dicono tutto.

Ankit: Davvero! (ride).

Ok, caro, ti chiamo più tardi, prenditi cura della tua salute. (Con felicità entrambi tengono giù il telefono)

COMPLEANNO DI KRITI

Il giorno più atteso era arrivato. Era il primo compleanno di Kriti da quando avevamo espresso i nostri veri sentimenti l'uno per l'altra.

Anche se io ho solo mostrato il mio amore verso di lei, ma da parte sua si trattava di un amore silenzioso, che conoscevo molto bene.

Era anche il giorno più importante per me, perché avevo in mente di farle una sorpresa e mi stavo preparando per questo giorno già da qualche mese.

Ormai conoscevo bene i suoi gusti e le sue preferenze, perché erano ormai due anni che era iniziata la nostra amicizia.

Sapevo che andava matta per le perle. Così ho acquistato una bellissima collana di perle e un anello di perle.

(con il quale ho intenzione di chiederle di sposarmi), ho fatto una bellissima presentazione con tutte le fotografie con il tempo delle occasioni che abbiamo trascorso insieme in questi mesi.

Ho trattato tutti i momenti cruciali dal primo giorno in cui ci siamo incontrati fino ad oggi con le sue canzoni preferite in sottofondo nelle diapositive.

Un biglietto fatto a mano e il disegno del suo viso a mano su una foglia di betel, dato che le piaceva molto mangiare foglie di betel.

Ho anche preparato un bouquet di rose per lei, che contiene quasi 25 rose (ha compiuto 25 anni in questo giorno di compleanno).

Con altri piccoli doni, ho raggiunto Haridwar da Bangalore e mi sono assicurata di entrare a casa sua entro le 6 del mattino, in modo che nel momento in cui avrebbe aperto gli occhi, il mio volto sarebbe stato davanti a lei.

(In quel momento volevo solo vedere il suo volto sorpreso con il suo bellissimo sorriso).

Anche se il viaggio è stato faticoso per me, ho dovuto prendere il volo da Bangalore a Delhi e poi prendere l'autobus per Haridwar, che dista 6 ore di macchina da Delhi.

Ma tutte queste difficoltà non erano nulla di fronte al mio amore, perché da qualche parte sapevo che nel momento in cui avrei visto il suo volto e il suo sorriso, tutta la mia stanchezza sarebbe sparita.

Così, ho raggiunto Haridwar verso le 4 del mattino. Mi fermo alla stazione degli autobus e aspetto che sorga il sole (era troppo presto per raggiungere la casa di qualcuno in questo modo).

Ho aspettato un'ora e mezza alla stazione degli autobus e poi, invece di prendere un'auto, ho camminato perché dovevo passare un'altra mezz'ora.

Ho iniziato a passeggiare verso casa sua, che distava 4 km dalla stazione degli autobus.

(Appena mi avvicino a casa sua, il mio corpo diventa sempre più freddo per il nervosismo, il mio cuore batte sempre più forte. Sembrava che il mio livello di adrenalina stesse per esplodere).

In circa 30 minuti ho raggiunto la sua casa, nel momento in cui mi sono avvicinata al cancello principale, il mio cuore batteva forte e veloce, il nervosismo era alle stelle, il mio corpo diventava freddo e tremava. Stavo per svenire.

In qualche modo, riuscii ad arrivare lì e con molto coraggio a premere il pulsante del campanello.

Sua madre aprì la porta e disse:

Madre di Kriti: Ehi, come mai sei qui?

(Era sorpresa e sciocciata).

Ankit: (nervosamente) Sono venuto solo per fare una sorpresa alla zia.

Madre di Kriti: Oh! Bello, vieni dentro, figliolo.

Ankit: (Un po' rilassato entra in casa). Zia, dov'è?

Madre di Kriti: Sta dormendo beta. Devo svegliarla?

Ankit: No! No! Zia, lasciala dormire. Ho tenuto il mio bouquet di fiori sul suo fianco. (aspettando con curiosità che si svegliasse).

Ho detto a sua madre che volevo parlare anche con te. Posso dire?

La madre di Kriti: Sì, certo. Dimmi cosa è successo?

Ankit: (nervoso e spaventato), zia, volevo solo dire.....

(Silenzio assoluto nella stanza ed esitazione dentro di me)

La madre di Kriti: Dimmi, figliolo, non preoccuparti, di' quello che vuoi dire.

(Sembra che abbia qualche indizio su ciò di cui sto per parlare).

Ankit: (raccoglie molto coraggio e dice) Zia! Per favore, non farci caso, ma volevo sposare Kriti e la amo molto. Ti prometto che la renderò felice.

La madre di Kriti: (Con calma) Beta, beh, mi piaci e non ho problemi. Ho lasciato a lei tutte le decisioni da prendere per la sua vita. Se lei è d'accordo, non ho alcun problema.

(Ero un po' rilassato e felice di saperlo).

La madre di Kriti: Beh, devi essere stanco e affamato, perché non dormi per un po'?

Ankit: No, zia, va bene, lasciami dare questa sorpresa a lei e poi dormirò.

La madre di Kriti: (sorride silenziosa e tranquilla).

Iniziò a preparare la colazione. Erano già le 7.30 del mattino.

Ero curiosa e impaziente di aspettare e aspettare.

Alla fine dissi a sua madre: Zia, vado a svegliarla!

La madre di Kriti: Certo.

Poi mi avvicinai al suo letto e presi una rosa in mano, cercando di strofinarla sul viso.

Lei aprì gli occhi, tolse la rosa e si addormentò di nuovo. Ho ripetuto di nuovo la stessa cosa; questa volta ho detto: "Cosa?

(Non le piace essere disturbata mentre dorme. In questi giorni era iper-maniacale, probabilmente a causa dell'assenza di ufficio).

Ho detto (educatamente): Buon compleanno, Kriti!

Allora forse ha capito che non era sua madre a disturbarla.

Lei aprì improvvisamente gli occhi e rimase scioccata:

Kriti: Tu! (Senza parole, sorpresa e felice)

Ankit: Sì, io! (Ridendo)

Kriti: Come mai sei qui?

Ankit: Dopo tutto è il tuo compleanno, quindi sono venuto qui per farti una sorpresa.

Kriti: Pazzo! Sei venuto fin qui per farmi una sorpresa.

Ankit: Sì! Tesoro! (in modo flirtante).

Kriti: Hai speso così tanti soldi per farmi una sorpresa?

(Vedo il suo volto pieno di sorpresa, scioccato, senza parole, felice. Erano tutte reazioni contrastanti che non riusciva a esprimere).

Ankit: Sì! E allora? Niente è più importante della tua felicità.

Kriti: Sei pazzo!

Ankit: (In modo divertente) Sono così dalla mia nascita.

(Entrambi ridono)....

Si alzò dal letto e, fresca, si preparò dopo aver fatto il bagno e tutto il resto.

Entrambi avevamo fame, così facemmo colazione con sua madre.

Erano le 9 del mattino, dopo aver fatto colazione, sua madre andò al mercato e ci lasciò soli a casa.

Poi le dissi: Ho un'altra sorpresa per te?

Kriti: Cosa?

(Tirai fuori tutte le cose che avevo portato per lei)

Ho preso l'anello nella mano destra, mi sono inginocchiato, ho messo delle rose nell'altra mano e le ho chiesto di sposarmi:

Ankit: Kriti! Vuoi sposarmi?

Kriti: (Sorridendo!) Prese l'anello e disse: Non lo so!

(Ma era arrossita).

Ankit: Ok, prendimi il portatile, volevo mostrarti una cosa?

Kriti: (Portò il portatile, sorprendentemente in attesa)

Ho inserito la mia pen drive e ho iniziato a mostrarle la presentazione.

Dopo la presentazione completa, era così stupita che i suoi occhi si riempirono di lacrime.

Le ho detto: Ehi! Cos'è successo? Perché stai piangendo?

Kriti: Niente! Sono ipnotizzata dai tuoi sforzi (improvvisamente mi abbracciò).

Ero al settimo cielo. Così felice!

Le ho mostrato anche altre cose che avevo portato per il suo compleanno, dopo questa piccola celebrazione,

Lei disse: Ankit! Non lo so! Cosa dire, ma hai reso la mia giornata, e questo è il miglior compleanno e regalo di compleanno che ho ricevuto fino ad ora. Grazie mille!

(L'ho abbracciata di nuovo e quella volta ero molto emozionato e felice).

L'ambiente è diventato emotivo; per sfogarmi, ho iniziato a tirare pugni divertenti e lei ha iniziato a ridere.

Ho detto: Ehi, dov'è la mia festa?

Kriti: Usciamo! Dove vuoi andare?

Ankit: Andiamo da Dominos.

(So del suo amore e della sua follia per la pizza).

Si svegliò felicemente, si preparò, prese il suo Scotty e mi accompagnò da Dominos.

Era già l'ora di pranzo e le 16 circa. Devo prendere un treno per Delhi e poi, in tarda serata, il mio volo di ritorno per Bangalore.

Abbiamo mangiato e trascorso quasi due ore insieme da Dominos e poi mi ha accompagnato alla stazione ferroviaria.

È entrata con me nella stazione ferroviaria. Sono entrato nella carrozza C1 e ho preso il posto al finestrino, dato che la mia prenotazione era nella carrozza delle sedie, e lei era in piedi fuori al finestrino del mio posto.

Mentre andavo via, le ho detto: Kriti! Per favore, pensa al nostro futuro. Ti amo molto e non posso vivere senza di te.

Lei mi ascoltava in silenzio e mi guardava continuamente mentre il treno si muoveva.

(Siamo arrivati solo 5 minuti prima della partenza del treno, quindi non abbiamo avuto abbastanza tempo per parlare).

Mi veniva da piangere, ma con il cuore pesante, partii da Haridwar con i ricordi più belli per tornare a Bangalore.

DECISIONE FINALE

Sono passati sei mesi; ancora non ho ricevuto una risposta chiara da Kriti; dall'altra parte, i miei genitori hanno già iniziato a cercare una sposa per me.

Mi sentivo troppo sotto pressione. In qualche modo ritardavo il processo e aspettavo una sua risposta chiara.

Quando non sono riuscito a gestirla, l'ho chiamata e ho chiesto a Kriti un'ultima volta, ed ero un po' irritato perché negli ultimi mesi le ho chiesto tante volte se mi avrebbe "sposato o no", ma purtroppo mi ha sempre risposto "non lo so".

Quel giorno abbiamo avuto un'accesa discussione su questo punto.

Ho detto a Kriti: per favore, dimmi un no o un sì definitivo, non ce la faccio più. S

a litigato con me e ha messo giù il telefono.

Ora, sono in uno stato misto, confuso, arrabbiato, irritato, depresso (era come se tutte le emozioni venissero fuori in una volta sola) perché in quel momento, la volevo disperatamente nella mia vita ad ogni costo.

Sembrava che fosse diventata la mia ossessione, la sua bellezza e il suo romanticismo danzavano sulla mia testa, facendomi impazzire per lei giorno dopo giorno.

Ero senza idee, vuoto, indignato. Alla fine, quando non riuscii a trovare un modo per uscire da questa trappola, decisi di visitare il santuario di Vaishno Devi.

(Sono un convinto sostenitore di Vaishno Devi e, infine, Dio era l'unico che poteva esaudire il mio desiderio di averla. In quel particolare momento ero così arrabbiata e disperata che ero pronta a fare qualsiasi cosa per averla).

Così decisi di andare a "Vaishno Devi", un luogo di culto sacro per gli indù del Jammu e Kashmir. Questo santuario è molto famoso per l'esaudimento di desideri duraturi, per la risoluzione dei problemi della vita umana, ecc.

L'allievo dice che chi visita con vera fede questo tempio e prende le benedizioni di Vaishno Devi, tutti i suoi desideri si avverano.

Ero un po' stanco di cercare di ottenere il suo sì negli ultimi tre anni. Così, un po' depresso, andai a Vaishno Devi per realizzare il mio unico sogno o desiderio in quel momento.

Il tempio si trovava a 14 km di cammino sulla montagna, così decisi di andare a piedi nudi.

Cominciai a camminare a piedi nudi dal mio albergo fino alla cima della collina dove si trovava il tempio di Vaishno Devi. Durante il trekking cantavo continuamente "Jai Mata Di" e pregavo la Madonna di esaudire il mio desiderio.

Ho fatto un voto a Dio. Porterò a termine questo viaggio senza bere o mangiare nulla fino a quando il mio viaggio non sarà completato. Non è stato un trekking o un compito facile da svolgere.

Era il mese di dicembre, le montagne erano coperte di neve fitta. La temperatura era al limite del congelamento, con un brivido tranquillo.

Eppure, camminavo a piedi nudi e cercavo di tenere i piedi caldi ovunque ne avessi la possibilità.

L'intero piede e le gambe stavano diventando insensibili e gonfi, senza alcuna sensazione, ma il cuore pieno d'amore e il suo pensiero mi davano il coraggio di muovermi.

Anche i miei piedi si sono feriti a causa di qualche sasso; il sangue ha iniziato a uscire, anche se mi sono fasciato e ho continuato ad andare avanti.

Alla fine ho raggiunto il tempio e dopo essermi rinfrescata sono entrata, è inimmaginabile, la sensazione è stata grande, i miei occhi si sono riempiti di lacrime e di felicità.

L'ambiente era così tranquillo e rilassante; mi ha tolto tutta la stanchezza e il dolore.

Ho avuto la possibilità di vedere la grotta sacra di Vaishno Devi, dove Devi Ma stava facendo scintillare la sua magia ai suoi devoti. Ho pregato Ma; per favore, dammi Kriti nella mia vita.

Se questo si avvererà, verrò sicuramente a trovarti subito dopo il mio matrimonio.

(Noi esseri umani siamo così corrotti che quando non vediamo miglioramenti nel nostro lavoro, corrompiamo anche Dio. È quello che ho fatto anch'io).

Ho preso le benedizioni di Devi Ma e ho iniziato a tornare verso il mio hotel prendendo le benedizioni di "Bhairo baba" nel mezzo, perché si dice che il viaggio di "Vaishno Devi" non sarà considerato completo senza prendere le benedizioni di "Bhairo Baba".

Sono tornata in albergo piena di energia, ho preso il treno e sono tornata a Delhi. Presi il volo serale e tornai a Bangalore.

Aspettavo che la magia accadesse perché ero abbastanza fiducioso che Vaishno Devi mi avrebbe sicuramente aiutato, dato che il mio amore, la mia dedizione e le mie preghiere provenivano dal profondo del mio cuore.

Dopo qualche giorno, stavo parlando con Kriti al telefono come al solito; all'improvviso, si è ammutolita.

Le chiesi: Cosa ti è successo all'improvviso, perché sei così silenziosa?

Kriti: Ankit! Volevo dirti qualcosa.

(Posso sentire il nervosismo nella sua voce)

Ankit: Cosa?

Kriti: Ti amo! (silenzio completo per un po') E ti sposerò!!!

Ankit: (scioccato e sorpreso, con emozioni contrastanti e in uno stato in cui non riesco a capire cosa dire e come reagire) Cosa! (eccitato) Sei seria?

Kriti: Sì (arrossendo)

Ankit: (Stavo saltando sul letto, ringraziando Vaishno Devi per aver realizzato il mio sogno così presto). Grazie, tesoro! Non ho parole per esprimerlo; mi hai dato tutto quello che volevo.

Abbiamo parlato per un po' e abbiamo messo giù il telefono.

Poi chiamai i miei genitori e raccontai loro di Kriti, ma il problema non era ancora finito.

La madre di Kriti era molto superstiziosa; voleva confrontare il nostro oroscopo prima di definire tutto.

Ha preso i dati di nascita di entrambi e si è recata dal sacerdote che segue per verificare il nostro oroscopo.

Il sacerdote ci ha detto che il loro matrimonio non durerà più di tre mesi e che non avranno figli.

Immediatamente sua madre ce lo disse. Non potevo accettare questo matrimonio perché non sarebbe stato fruttuoso per entrambi. La stessa cosa accadde anche da parte mia.

Entrambi abbiamo iniziato a convincere i nostri genitori a sposarci e alla fine hanno accettato. Tutto questo è successo così in fretta che finalmente è iniziato il processo formale. Il 18 giugno fu fissato il matrimonio e il 20 gennaio ci fu il fidanzamento.

Eravamo eccitati, tutti i preparativi erano a pieno ritmo, e il 20 gennaio era la data per la quale stavo lavorando così duramente, e finalmente arrivò il giorno più importante della mia vita.

Il giorno era finalmente arrivato, io e la mia famiglia siamo andati a Haridwar (casa di Kriti) per il fidanzamento.

Gli alberghi e i luoghi erano stati prenotati in anticipo, così abbiamo raggiunto l'hotel il 20 gennaio di prima mattina (il giorno dell'incontro).

Ero molto eccitato e mi sentivo benissimo. Erano circa le 16.00 e ci stavamo preparando per la cerimonia. Lo scenario esterno era estremamente bello; sembrava che Dio stesso fosse venuto sulla terra a darmi la sua benedizione.

Il sole stava per tramontare, la luce multicolore era brillante e il vento soffiava. Tutto era così perfetto.

Ho raggiunto il luogo dell'evento in tempo e ho indossato il tradizionale dhoti kurta indiano; ovunque si sentivano suoni di felicità, le persone si salutavano e ridevano. I miei parenti e i suoi parenti parlavano, si mescolavano tra loro.

Io ero seduta sul palco da sola e aspettavo disperatamente il primo sguardo del mio amore.

Presto arrivò il momento che stavo aspettando da tanto tempo.

Lei si è presentata davanti con un sari di seta dorata, splendidamente lavorato. Sembrava un sari di seta di Kanjivaram. Chandini (cugina) era con lei.

Vedo il suo viso esitante, timido e nervoso, con gli occhi bassi, che cammina verso di me.

Sembrava una dea. Il suo viso era splendente e sorridente; i capelli erano aperti con un leggero trucco. Sono entrato in un mondo diverso e non nei miei sensi, continuando a fissarla. All'improvviso, sentii che qualcuno era seduto vicino a me.

Fu come se mi fossi svegliato da un sogno e vidi che si trattava di Kriti, e Chandini mi stava facendo un sorriso furbo, emettendo un suono ahem!ahem! Jiju!

Ho detto: Cosa?

Chandini: (tirandomi per i capelli) A cosa stai pensando? Concentrati su mia sorella. È il tuo fidanzamento.

Ho detto: Ero nel mio mondo con tua sorella. (Sbatte l'occhio sinistro).

Era il momento della cerimonia dell'anello; dopo tutti i rituali, eravamo entrambi in piedi. Era così bella che non potevo resistere a guardarla.

Prima della cerimonia dell'anello, ho sempre voluto chiederle di sposarmi davanti a tutti. Così, all'improvviso, mi inginocchiai, tirai fuori dalla tasca una rosa con l'anello d'oro e le presi la mano (tutti mi guardavano, cosa stavo facendo?).

Le chiesi: Kriti! Ti amo tanto e volevo chiederti. Vuoi sposarmi?

Kriti: (il viso è diventato rosso per la timidezza, sorridendo) ha detto: Sì!!! Mi piacerebbe molto!

Le ho anche regalato l'iPhone come regalo di fidanzamento.

(Stavo risparmiando per questo da un anno. Ero nella fase iniziale della mia carriera e quindi non avevo troppe entrate).

"Sai, quando ami qualcuno veramente, profondamente, non ti preoccupi di nulla. L'unica cosa che ti preoccupa è il volto sorridente e la felicità del tuo amore".

Ci siamo scambiati gli anelli e abbiamo cenato. Finalmente eravamo fidanzati.

Per me era ancora incredibile. Pensavo: "È un sogno o una realtà?

Ora, ufficialmente, posso dire che siamo fidanzati e che lei è il mio fidanzato (è mio).

La sera stessa siamo partiti tutti per i nostri rispettivi luoghi. Sono tornato a Bangalore e mi sono occupato dei miei pazienti, del lavoro, ecc. Il matrimonio era previsto tra qualche mese, quindi mi stavo preparando anche per quello.

Con molti drammi, difficoltà, torture emotive, persuasione, avevo visto un sogno che alla fine si è realizzato.

Ultimo sogno

Era il mio ultimo sogno, che avevo sognato, ma che invece di regalare bei ricordi si è rivelato il più grande incubo della mia vita.

Mi ha spezzato completamente; anche dopo tanti anni, le ferite non sono ancora guarite.

LA FASE PIÙ FELICE

Al ritorno dal fidanzamento, ero pieno di energia, di entusiasmo, di pensieri profondi per ottenere tutto nella mia vita.

Era il momento di pensare al nostro futuro. Così, ho cominciato a lavorare sodo per sistemare la mia carriera, dove avrei potuto ottenere un buon reddito.

Volevo darle tutto ciò che desiderava. Volevo solo vederla sorridere e felice nel profondo ogni giorno e ogni momento della sua vita.

Questo è stato il periodo più felice della mia vita, in cui ho ricevuto un buon numero di pazienti, contratti, clienti famosi e molto altro ancora, in breve, il reddito era piuttosto elevato.

Mi sentivo come se Dio stesse facendo piovere su di me tutto ciò che desideravo. Continuiamo a parlare al telefono come facevamo prima, mentre dall'altra parte i nostri genitori stavano facendo i preparativi per il nostro matrimonio.

Il mio primo San Valentino si avvicinava dopo il fidanzamento, così pensai di renderlo memorabile e di farle una sorpresa (come sapete, ogni ragazza ama le sorprese).

Fortunatamente ho avuto la possibilità di recarmi a Parigi per una conferenza nei primi giorni di febbraio. Le portai una bellissima collana di diamanti e una parure di perle (andava matta per le perle).

Al ritorno da Parigi, ho fatto un bellissimo biglietto d'amore per il mio adorabile Valentino. Il 13 febbraio (il giorno prima di San Valentino), ho preso un volo per Delhi e poi un autobus per raggiungere Haridwar. La mattina presto sono arrivata ad Haridwar e ho portato un bouquet di rose.

Il cielo si è riempito di nuvole, il vento soffiava e si è rinfrescato un po'. Arrivai a casa sua verso le sette del mattino del 14 febbraio.

(So che si era svegliata tardi, quindi la mattina presto era il momento perfetto per fare la sorpresa).

Incontrai sua madre in silenzio; anche lei era felice di vedermi e mi chiese:

Mamma: Ehi, figliolo! Come stai? Come mai sei qui?

Ankit: Namaste zia!! Oops, mamma

(Entrambi sorridiamo). Tutto bene, e mi mancava. Volevo anche festeggiare con lei il nostro primo San Valentino. Così sono venuta a trovarla.

Mamma: Devi essere molto stanca e affamata. Alzati e fai colazione. Ti preparerò un paratha di patate ben farcito.

Ankit: Ok mamma! Come dici tu.

(Vado a fare un bagno e ad assicurarmi che tutto vada bene. Kriti non deve svegliarsi finché non mi preparo. Lo dissi anche a sua madre).

Mi sono preparata e ho tenuto il bouquet di rose, un biglietto fatto a mano, una parure di diamanti e una di perle accanto al suo cuscino.

Le misi anche la coperta e aspettai diligentemente che si svegliasse verso le 8 del mattino. Finalmente è arrivato il momento (che stavo disperatamente aspettando).

Si è svegliata.

(molto probabilmente con l'aroma rilassante delle rose fresche).

Aprì gli occhi e mi vide. Ero seduto accanto a lei e, nello stesso momento, provava sentimenti contrastanti di shock, sorpresa, felicità, sorriso, pianto.

(Tutto quello che posso vedere sul suo viso, per questi tipi di reazioni miste solo io mi sono preparato così duramente).

Riesco a percepire la sua felicità.

Kriti chiese (sciocamente): Ehi!!! Come mai sei qui!

Ankit: Proprio così. Volevo vederti e sono venuto. Inoltre, buon San Valentino, tesoro!!!

Kriti: Grazie e altrettanto a te!

Ankit: Molto asciutto. Grazie!

Kriti: Davvero! (Timidezza in altezza). Come sarà bagnato allora!!! (Sorridendo furbescamente).

(Guardavo continuamente la sua faccia. Mi sembrava di essere saltato nell'oceano della carineria e della bellezza. Era troppo caldo per poterlo sopportare).

Ankit: (umore cattivo). Niente. A proposito, non vuoi aprire i tuoi regali?

Kriti: Oh, sì!!!

(Ha aperto il biglietto e ha iniziato a leggerlo).

Stavo osservando le sue espressioni facciali. Vedo che le lacrime le escono dagli occhi.

Le chiesi: "Ehi!!! Cos'è successo? Perché stai piangendo?

Kriti: Sono sopraffatta dai tuoi sforzi. Devo dire che nessuno può amarmi come te. In tutta la mia vita, nessuno aveva fatto così tanto per me. Ho preso la decisione giusta scegliendo te come compagno di vita. Ti amo, Ankit! (Mi ha abbracciato).

(Era la prima volta che sentivo il suo calore così da vicino).

Quando mi abbracciò, il mio cuore batteva forte ed ero nervoso, ma la mia sensazione era al settimo cielo. Ho tenuto entrambe le mani sulla sua schiena e l'ho abbracciata forte.

(Non riesco nemmeno a spiegare l'emozione).

Le presi il viso con entrambe le mani, le asciugai le lacrime e le dissi: Non preoccuparti, cara. Avrai questo sorriso fino alla fine della nostra vita. Io sono sempre con te e ti amerò sempre allo stesso modo!!! Puoi vedere gli altri regali?

Aprì le scatole delle collane e rimase ancora più sciocata nel vedere le collane di diamanti e di perle e le piacquero molto. Voleva provarle, ma io la interruppi: "Puoi provare, tesoro, ma ho un'idea migliore di questa.

Perché non ti prepari e indossi questa collana di diamanti e andiamo subito a pranzo? Che ne dici?

Kriti rispose: Sì, posso, ma a cena. (Sbatte l'occhio sinistro e sorride).

Io dissi: (saltando felicemente) Certo!!! Cosa faresti ora e poi tutto il giorno, visto che sono solo le undici e un quarto?

Kriti: Passeremo del tempo insieme a rilassarci. (Sorrise e sbatté le palpebre).

(Quella volta la mia mente si è comportata in modo così sballato da non riuscire a capire i suoi segnali di romanticismo).

Ankit: Ok, beh, puoi fare un bagno e prepararti. (Ero solo con la coperta).

Kriti: Ok, aspettami. Arrivo!

(Se ne andò e completò i suoi compiti quotidiani e il bagno).

Tornò dopo mezz'ora. Io ero occupato a guardare la televisione. Mia suocera è partita per il suo lavoro, quindi eravamo entrambi soli a casa.

(So cosa state pensando in questo momento, anch'io ho pensato la stessa cosa).

Dopo il bagno è arrivata con il suo top blu e il pigiama. I suoi capelli erano bagnati e aperti. Il suo corpo splendidamente scolpito e modellato. Mi stavo godendo la vista dal mio letto.

(In realtà, volevo abbracciarla da dietro, ma non riuscivo a trovare il coraggio).

Ero immerso in un pensiero profondo e all'improvviso lei mi chiamò: Ankit, puoi aiutarmi a preparare il pranzo?

(L'ora di pranzo si stava avvicinando).

Ankit: Che tipo di cibo vuoi preparare (sbattei gli occhi e sorrisi astutamente).

Kriti: Ah!!! Han! So cosa vuoi.

Ankit: Ok, dimmi allora cosa voglio?

Kriti: Zitto!!! (Sorrise e andò in cucina)

La seguii, la afferrai da dietro e la girai con il viso verso di me. Le presi il viso con entrambe le mani e lo sollevai leggermente verso l'alto.

(Il suo respiro era veloce, lo sguardo era arrossato, la timidezza al massimo, le labbra rosate e spesse erano tremanti, gli occhi erano chiusi).

Anch'io ero nervoso e i battiti del cuore erano così forti da poterli sentire; lentamente avvicinai le labbra alle sue e le premetti con le mie. Iniziai a succhiare le labbra con molta grazia.

(La sensazione era quella di strofinare petali di rosa sulle mie labbra).

Le mie mani si sono legate al suo collo. Ci siamo baciati appassionatamente per 10 minuti.

(La sensazione è stata come se ci fossimo baciati l'un l'altro oggi).

Il bacio mi ha riempito di calore nel profondo, ho controllato, mi sono fermato e le ho detto: Kriti!!! Mi stai facendo impazzire. Ci restano solo pochi mesi, tesoro. Aspetta il momento cruciale della nostra vita. Ricorderai la nostra prima notte. La renderò molto speciale. Quindi, rilassati!

(L'ho abbracciata forte)

Era arrossita e le sue labbra erano di un rosso intenso. Le diedi dell'acqua e dopo averla bevuta continuò a preparare il pranzo, mentre io ero in piedi accanto a lei ad aiutarla nelle faccende di cucina.

Dopo aver pranzato, abbiamo parlato per un po' e abbiamo dormito.

(Non riesco nemmeno a spiegare la sensazione che si prova quando il tuo amore dorme tra le tue braccia, abbracciandolo forte. Il senso di sicurezza che prova è fantastico).

(Suona il campanello) Erano le 17.00, ci siamo svegliati quando sua madre è arrivata dall'ufficio.

Arrivò e preparò il tè per tutti noi.

Dopo aver bevuto il tè, abbiamo parlato per un po'. Alle 18.30 iniziammo a prepararci per la cena. Lei indossava un sari nero con una camicetta senza maniche e una collana di diamanti per esaltare la sua bellezza. Il suo look era stupendo, chiunque può morire per la sua bellezza, e io indossavo dei semplici jeans e una maglietta con una mezza giacca.

(Voglio che lei sia più bella di me). (Scherzo) hehe!!!

Prendemmo l'auto e andammo all'hotel a stelle e strisce di Haridwar, dove avevo già chiamato e detto loro di organizzare il nostro appuntamento. In realtà si trattava di una cena a lume di candela che avevo organizzato per lei.

Arrivammo all'hotel e i preparativi furono eccellenti, molto più di quanto mi aspettassi per il mio primo appuntamento formale e per il giorno di San Valentino.

Il nostro tavolo era a bordo piscina, l'intera area era decorata con rose rosse e palloncini a forma di cuore. Al centro del tavolo c'erano due bicchieri di vino con champagne per noi.

Purtroppo, essendo entrambi analcolici, non abbiamo nemmeno toccato la bottiglia.

Arrivò un cameriere e chiese: Signore, posso prendere la sua torta?

Ho risposto: Sì, grazie!

Il cameriere ha portato la torta, che abbiamo tagliato e gustato in modo delizioso. Dopo cena, avevano organizzato un ballo romantico per noi e per le altre coppie sedute fuori.

(Sapevo che Kriti ama molto ballare, infatti era una ballerina eccellente mentre io ero una ballerina patetica).

Siamo stati portati tutti nella sala dove il DJ ad alto volume suonava i numeri più romantici, c'erano varie gare per le coppie.

Io e Kriti andammo sulla pista da ballo e iniziammo a ballare (anche se io non ero molto portato per questo, ma feci del mio meglio).

La mia mano destra era sul lato nudo dell'addome e la sinistra sulla sua schiena. Sentivo il calore della sua pelle liscia.

(Era la prima volta che la toccavo in questo modo, 400 volt di corrente ad alta tensione scorrevano nel mio corpo. Uffff!! Era troppo caldo da gestire).

Il nostro contatto visivo era superbo mentre ballavamo, posso vedere la scintilla di felicità negli occhi. Riesco a vedere il profondo amore per me.

Eravamo così presi l'uno dall'altro che non sapevamo nemmeno quando la musica si fosse fermata. All'improvviso, dal palco è arrivato un suono. Il trofeo di miglior coppia romantica va a "Kriti e Ankit".

Sembrava che ci fossimo svegliati da un sonno profondo. Siamo andati insieme sul palco e abbiamo ricevuto gli apprezzamenti e i ringraziamenti degli organizzatori.

Dopo aver saldato il conto, ci siamo avviati verso casa. Erano già le 22.00.

L'ho riaccompagnata a casa, le ho dato un bacio sulla fronte, l'ho abbracciata forte, ho incontrato mia suocera e ho preso il permesso di andarmene.

Era ora di andare. Lasciai il mio amore con il cuore pesante. Presi il treno per Delhi e poi il volo del mattino per Bangalore.

Anche se stavo tornando al mio posto di lavoro, ma senza il mio organo che pompava il sangue. Ho lasciato il mio cuore con Kriti. Al posto del mio cuore, il vuoto si è riempito di lacrime.

"È sempre difficile andarsene, ma a volte dobbiamo farlo per tempi migliori".

Sono rientrato nel mio ufficio e sono tornato alla mia vecchia routine. Continuammo a parlare al telefono, mentre i nostri genitori si occupavano dei preparativi per il matrimonio e dello shopping. I giorni sono passati.

GIORNO DELLE NOZZE

Era la fine della seconda settimana di giugno, il mese del matrimonio. Parenti e amici cominciarono a riunirsi nelle nostre rispettive case. L'ambiente era allegro. Ovunque si potevano ascoltare suoni di chiacchiere, risate, scherzi. Il 18 giugno si celebrava il matrimonio, così una settimana prima raggiunsi la mia città natale per fare la spesa e aiutare mio padre in altre faccende. Sono l'unico figlio maschio, quindi i preparativi erano in grande stile.

Il giorno prima del matrimonio raggiungemmo Haridwar. Avevamo fatto tutti il check-in nei rispettivi hotel. Ero nervoso e allo stesso tempo molto emozionato nel vedere che il mio sogno si stava realizzando. Mancavano solo poche ore e lei sarebbe stata mia. Tutti i rituali erano in corso. Rituali che continueranno fino al mattino del giorno dopo. Nell'Induismo, il matrimonio ha molte credenze spirituali da completare. Crediamo che se ci si sposa senza aver completato i rituali appropriati, il matrimonio non durerà a lungo o ci saranno problemi tra le coppie per tutta la vita.

(Solo una cosa mi è passata per la testa per tutto il tempo. Avete indovinato? Mi avete beccato, giusto! Era Kriti).

La sera del giorno dopo, indossai il tradizionale sherwani indiano con pagri del Rajasthani e mi preparai per tempo. Mi sono seduto su un cavallo bianco, tutti i miei parenti ballavano davanti e l'intero raduno è stato chiamato "Processione nuziale o baaraat".

(È una tradizione indiana in cui lo sposo va a cavallo verso il luogo in cui deve avvenire il matrimonio).

Ebbene, siamo arrivati tutti al luogo del matrimonio. Tutti i membri della famiglia di Kriti erano in piedi davanti al cancello e c'era un nastro da tagliare. Dopo aver completato la cerimonia del taglio del nastro e l'accoglienza dello sposo e dei suoi parenti. Ci trasferimmo tutti all'interno e io mi diressi verso il palco. Mi sono seduta sul palco e ho aspettato disperatamente che il mio amore venisse a sedersi accanto a me. Era l'ultimo giorno e il più importante della mia vita. Ebbene, dopo circa mezz'ora vidi il mio amore nel lehenga rosa, splendidamente intagliato, e con un leggero trucco sul viso. Aveva un aspetto magnifico. La vedevo continuamente avvicinarsi a me.

C'erano alcuni gradini sotto il palco quando lei si avvicinò al primo gradino. Mi alzai e le diedi la mano perché potesse salire i gradini. Nel momento in cui mi ha dato la mano, ci siamo guardati negli occhi. Vedo quei bellissimi occhi scintillanti che mi facevano impazzire. Comunque, si è seduta accanto a me, tutti venivano, facevano fotografie, sorridevano.

Ci scambiammo le ghirlande e ci recammo nel luogo in cui dovevano essere completate le circonambulazioni matrimoniali.

(Il saat phere è una delle caratteristiche più essenziali del matrimonio indù, che prevede sette giri intorno a un fuoco sacro acceso a questo scopo tra i mantra vedici).

Gli sposi circumambulano il fuoco consacrato per sette volte, recitando voti specifici a ogni giro. Le promesse fatte in presenza del fuoco sacro sono considerate infrangibili e Agni-deva è considerato testimone e benedicente dell'unione della coppia. Ogni circumambulazione effettuata ha un significato specifico.

Era il mattino presto, alle 4, l'ora della partenza (uno dei momenti più tristi per una ragazza che lascia la sua famiglia e i suoi amici ed entra in un nuovo mondo, nuove persone, una nuova famiglia per il resto della sua vita).

Tutti piangevano, abbracciando Kriti uno per uno e vedendoli. Anche a me sono venute le lacrime agli occhi. Assicurai ai suoi genitori di prendersi cura di lei in modo adeguato (entrambi erano divorziati, ma non erano in grado di farlo).

(entrambi erano divorziati, ma in quel momento erano entrambi presenti).

Ci sedemmo in macchina e ci dirigemmo verso il nostro albergo, che era abbastanza vicino al luogo del matrimonio. Non mi è stato permesso di dormire insieme (secondo la tradizione indiana, solo dopo alcuni rituali è permesso agli sposi di dormire in un unico letto), quindi abbiamo dormito in stanze diverse. Anche se eravamo entrambi molto stanchi, ci siamo cambiati i vestiti e siamo entrati in un sonno profondo non appena ci siamo sdraiati sul letto.

Il giorno dopo tutti ci salutarono, completammo insieme alcuni dei rituali rimanenti e nel pomeriggio dovemmo tornare tutti nella mia città.

Così, dopo aver incontrato i suoi genitori, siamo partiti tutti per casa mia.

PERIODO DI LUNA DI MIELE

Grazie a Vaishno Devi, il mio sogno si è realizzato, quindi ho sempre voluto iniziare il mio nuovo capitolo di vita con la sua benedizione. Anche Kriti credeva molto in lei, così abbiamo deciso di visitare il santuario di Vaishno Devi. Abbiamo anche deciso che prima di ricevere le benedizioni di Vaishno Mata non ci saremmo avvicinati l'uno all'altra.

Così, dopo tre giorni dal nostro matrimonio, ci recammo al santuario di Vaishno Devi nello Stato indiano di Jammu e Kashmir. Durante la venerazione nel tempio, lei era in piedi accanto a me e indossava un kurta e un salwar Patiala con l'aspetto tipico di una ragazza punjabi, copriva la testa con la sua dupatta, aveva un lucidalabbra brillante sulle labbra spesse e rosate, e aveva il sindoor sulla fronte. Non riesco nemmeno a spiegare quanto fosse meravigliosa. La sua bellezza era tale da far perdere il controllo dei sensi a chiunque. Abbiamo scattato molte fotografie durante il nostro viaggio e ci siamo goduti ogni singolo momento. Dopo aver visitato il santuario, siamo tornati con buona fede nella mia dolce casa e siamo rimasti lì per 3 giorni perché, in seguito, avevo un piano diverso, che era una sorpresa per lei. Finché non abbiamo fatto il check-in del nostro volo, lei non sapeva assolutamente dove saremmo andati.

(Andiamo ragazzi, era la mia luna di miele, quindi avevo programmato un viaggio di una settimana).

In qualche modo sono riuscito a ottenere il suo passaporto prima del matrimonio, quindi era già con me. Avevo fatto tutte le prenotazioni necessarie di voli, hotel, visti e altre disposizioni prima del nostro matrimonio.

(Kriti non ne sapeva nulla).

Il 27 giugno era il nostro volo per la luna di miele da Bangalore. Il 25 giugno dissi a Kriti di fare le valigie e che ci saremmo trasferiti a Bangalore stasera.

Lei disse: Ok!

(In silenzio, iniziò a fare le valigie).

La notte prendemmo il volo e raggiungemmo Bangalore. Quando entrammo in casa nostra erano le 3 del mattino, perché la mia casa distava 70 km dall'aeroporto internazionale di Bangalore. Entrambi eravamo molto stanchi e abbiamo dormito. Il giorno dopo ci siamo svegliati entrambi in tarda mattinata. Nella nostra casa da sogno di Bangalore, come posso permetterle di iniziare le sue faccende domestiche di routine il primo giorno?

Gliel'ho detto: Tesoro! Rilassati. Oggi ti preparerò del cibo delizioso. Lei andò felicemente a farsi un bagno e a prepararsi. Era l'ora di pranzo, così iniziai a preparare il pranzo. Sapevo qual era il suo piatto preferito.

(Ragazzi! Sono davvero una brava cuoca, cucinare è la mia passione).

Lei andava matta per i fagioli e il riso (Rajma- Chawal).

Ho cucinato lo stesso. Dopo che si fu preparata, le servii la porzione di cibo e aspettai con ansia che mangiasse.

All'improvviso chiese: "Ehi! Dov'è il tuo piatto?

Le risposi: No, prima tu, poi io porterò il mio.

Lei disse: Ok e ha dato un morso.

(La sua espressione facciale è cambiata completamente, ha gridato all'improvviso).

Kriti: Oh! Mio Dio! Ankit, è troppo delizioso. Non male! Non sapevo che fossi anche un ottimo cuoco. Adorabile. Ti amo!

Ho risposto: Sono contenta!! che ti sia piaciuto. (In modo malizioso prolungò ulteriormente la mia conversazione e disse).

Signora, conoscerà presto i miei talenti nascosti. Sono bravo anche in molte altre cose, tesoro.

(Sbatte l'occhio sinistro e sorride astutamente).

(Entrambi risero)

Dopo aver pranzato, lei iniziò a disfare i bagagli. La fermai e le dissi di non farlo.

Lei chiese (sorpresa): Perché?

Le risposi: Cara, ti aspetta un'altra sorpresa. Stiamo per partire per la nostra luna di miele. Abbiamo un volo domani, di prima mattina.

Lei chiese (con impazienza): Cosa? Dove andiamo?

Le risposi: È una sorpresa per te, ma ti assicuro una cosa: ti piacerà quella destinazione e ci andremo per una settimana.

Lei (sciocccata): Per una settimana? Ti prego, dimmi dove stiamo andando?

Io risposi: Scusa!!! Non lo so, è una sorpresa anche per me.

(Rise e andò in camera a fare i miei preparativi).

Poi ho mandato un'e-mail all'hotel per decorare la stanza per la nostra notte speciale. Subito mi hanno risposto che non c'è da preoccuparsi, vi daremo anche torta e vino in omaggio per la nostra prima notte di luna di miele. Hanno anche aggiornato gratuitamente la mia camera alla Honeymoon premier suite.

In seguito ho risposto all'hotel e li ho ringraziati per il loro gesto gentile.

(Ero piuttosto eccitato e volevo vedere le reazioni di Kriti. So che mi ucciderà per tutto questo, ma allo stesso tempo il vero piacere della vita è vedere la vera felicità negli occhi della tua amata moglie).

Anche Kriti era impegnata a fare i bagagli. Le dissi di tenere qualche vestito sexy e sexy per la nostra luna di miele.

(Ha fatto uno sguardo serio e poi ha riso).

Per vedere questo bel sorriso, ancora e ancora, stavo vivendo e facendo un sacco di cose folli.

(Guardavo Kriti e pensavo).

Durante la giornata, Kriti mi ha chiesto più volte il posto dove andremo in luna di miele. Non le ho detto il nome, anche se ha tentato ogni mossa.

(Dopotutto, non è facile rompere la mia sorpresa, ho lavorato molto duramente per questo).

La sera, dopo aver cenato, ci siamo preparati per il viaggio. Controllando la lista per non dimenticare nulla.

Verso le dieci di sera, abbiamo chiamato il taxi e ci siamo diretti verso l'aeroporto, dove ci vorrà più di un'ora e mezza per arrivare. Il nostro era un volo del mattino presto, alle 4 del mattino.

Per i voli internazionali, bisogna presentarsi al banco del check-in almeno tre ore prima della partenza prevista.

Così abbiamo raggiunto l'aeroporto e siamo entrati nel terminal. Fino a questo momento, Kriti non ha la minima idea di quale sia il posto in cui siamo diretti e posso vedere la sua faccia impaurita dalla voglia di sapere il nome della destinazione.

(Io mi stavo godendo il momento con gioia).

Mentre eravamo in fila al banco del check-in, ha visto il display con la scritta "Counter open- Singapore".

Mi ha chiesto con gioia: Ankit! Stiamo andando a Singapore?

Le ho risposto: Sì! Tesoro!!! So che è il posto dei tuoi sogni, per questo l'abbiamo programmato per la nostra luna di miele.

Kriti: (Ridendo, emozionata). Mi ha abbracciato e mi ha detto grazie!!!

(Dopo tutto questo tempo rideva, twittava, era molto felice).

Abbiamo completato il check-in, l'immigrazione e la sicurezza e ci siamo seduti vicino al gate d'imbarco. L'imbarco inizierà tra circa un'ora.

Lei passava felicemente il tempo scattando foto.

(Le ragazze amano molto scattare selfie, non è vero?).

Siamo saliti a bordo del volo, lei era molto eccitata perché ama viaggiare ed era il suo primo viaggio internazionale. L'esperienza di volo è stata eccellente, con sedili comodi, buon intrattenimento a bordo e cibo delizioso.

(Cosa ci si può aspettare di meglio da un volo di quattro ore e mezza).

Grazie, compagnie aeree di Singapore!

Quando siamo atterrati a Singapore erano le nove del mattino. Il fuso orario del Paese è due ore e mezza avanti rispetto all'India.

Dopo aver superato l'immigrazione e la dogana, siamo usciti dall'aeroporto, abbiamo preso un taxi e abbiamo raggiunto il nostro hotel. Abbiamo fatto il check-in e siamo arrivati alla nostra camera. Innanzitutto, l'hotel era di categoria cinque stelle e si trovava in una posizione privilegiata di Singapore.

A Kriti piaceva molto l'hotel, ma soprattutto era

assolutamente innamorata della nostra suite per la luna di miele. Entrambi ci siamo alzati di scatto,

Le dissi: Kriti devi avere fame, preparati che andiamo a fare colazione.

Lei rispose: (stanca) Per favore, puoi ordinare la colazione in camera dopo un po' di tempo. Non sono in vena di uscire.

(Ho saputo in seguito che si sentiva completamente diversa. haha)

Le risposi: (impetuosamente). Allora di che umore sei, tesoro?

(Sbatte le palpebre e ride).

Lei parlò (con fare basito): Beh, sono dell'umore giusto per fare un bagno.

(Parla e va in bagno).

Anche se sento che c'è qualcosa di sospetto. (Comunque, quello che c'era so che mi sarà utile).

Stavo guardando la tv e all'improvviso Kriti gridò: Ankit!!! Ankit!!!

Mi sono precipitato verso il bagno e ho scoperto che la porta era aperta.

(Credo che Kriti l'avesse tenuta aperta volontariamente).

Nel momento in cui entrai in bagno, lei chiuse subito la porta e si coprì solo con un asciugamano. Mi afferrò entrambe le mani e mi spinse verso il muro.

La guardai negli occhi (sussurrando): Kriti! Cosa stai facendo? Ti prego, non farlo.

(Riesco a vedere l'oceano di desideri nei suoi occhi. Sembrava un vulcano silenzioso vecchio di cent'anni che si fosse riattivato e che stesse per eruttare in qualsiasi momento).

Tenendo l'indice sulle mie labbra, mi impedì di parlare, mi spinse dentro la doccia e si tolse l'asciugamano. Ero completamente vuoto, insensibilmente assecondando il flusso.

La ragazza dei miei sogni era completamente nuda davanti a me, la sua bellezza era troppo eccitante da gestire. Dio le aveva donato un magnifico corpo formoso e sexy. Ogni centimetro del corpo era splendidamente scolpito, ben modellato e disegnato. Pelle chiarissima, lunghi peli setosi, pelle lattea incredibilmente morbida. Ero completamente perso in lei.

Iniziò a massaggiarmi il corpo, mi toccò le guance e mi baciò sulle labbra, poi con più passione, in un attimo mi tolse i vestiti.

Anch'io la afferrai saldamente, iniziando a schiacciare le sue parti morbide. All'improvviso lei sussurrò: Ankit! Dolcemente. Non sto scappando da nessuna parte.

(Sono un po' selvaggio e rude).

La doccia era aperta e ci stavamo baciando appassionatamente sotto di essa. Ho iniziato a baciarla su tutto il corpo.

Questa sessione di baci è continuata per circa mezz'ora. Entrambi eravamo così eccitati, le nostre labbra erano completamente arrossate, posso vedere alcuni morsi d'amore intorno al collo, al seno, allo stomaco, all'interno delle cosce. Mi rendo conto di essere diventato un po' selvaggio e rude mentre limonavo.

Ho riempito la vasca da bagno con acqua calda, entrambi ci siamo amati appassionatamente all'interno della vasca, la nostra prima sessione di pomiciate è durata quasi due ore ed è finita con l'acqua rossa e sanguinolenta.

Infine, nel bagno, lei finì per perdere la sua verginità.

Dopo il bagno abbiamo fatto colazione, l'intera giornata è stata piena di avventure selvagge all'interno della stanza.

Abbiamo mangiato e limonato per tutto il giorno e la notte. La mattina dopo facemmo un bagno insieme e andammo a fare un giro turistico. È stata la nostra routine quotidiana per la settimana successiva.

Abbiamo limonato ovunque nella suite, in bagno, sul divano, sul tavolo, sul letto, sull'almirah, non abbiamo lasciato nemmeno un posto di quella stanza.

Posso dire che più che Singapore, per tutta la settimana ci siamo goduti le nostre sessioni di pomiciata e la nostra confortevole stanza. Alla fine della settimana, tutto il mio corpo era in deficit di energia e chiedeva di recuperare le forze con un adeguato riposo.

(Tutta l'energia è stata riversata su Kriti, dopo tutto,

come puoi fermarti quando tua moglie è troppo calda per essere gestita).

"Il grande sesso è sempre la conclusione premiata di un amore appassionato".

Io e Kriti ci siamo goduti la nostra luna di miele e siamo tornati con ottimi ricordi.

Dopo questo viaggio, Kriti ha iniziato a volermi più bene e il suo comportamento è cambiato. È diventata più premurosa e affettuosa nei miei confronti. I giorni passavano felici.

SOGNO DISTRUTTO

Era il mese di agosto, esattamente due mesi dopo la nostra luna di miele, e scoprii che Kriti stava diventando insonne.

Non dormiva ininterrottamente da due o tre giorni.

All'inizio ho pensato che potesse dormire di giorno e ho ignorato la cosa. Ma dopo qualche giorno mi sono accorta che lentamente questo si stava ripercuotendo anche sul suo comportamento.

Sembrava sempre letargica, si stavano formando delle occhiaie, si irritava molto rapidamente e diventava silenziosa.

Poi, una sera, mi sedetti con lei e le chiesi gentilmente: Cosa c'è, cara? Hai qualche problema?

Inizialmente ha opposto resistenza e non ha detto nulla.

Glielo chiesi ripetutamente, poi mi disse: Ankit! La mia migliore amica ha dei seri problemi con il marito e stanno divorziando.

Mi ha scioccato molto e tutto il passato sporco del divorzio dei miei genitori e dei loro litigi, che avevo visto nella mia infanzia, mi si è presentato davanti. In questo momento sono felice con te, ma ho paura che se ci succedesse qualcosa di sbagliato, cosa farei. Mi fido completamente di te. Non mi fido del mio destino. Ogni volta che ho ottenuto la felicità, mi è stata strappata via molto presto. La vita che ho dovuto trascorrere fino ad ora è stata piena di problemi e dolori. Ecco perché ho continuato a pensarci da quando sono sorti i problemi dei miei migliori amici. Mi sono spaventata.

(Le presi le guance con entrambe le mani e mi sedetti sulle ginocchia).

Glielo dissi: Tesoro! Sai bene quanti sforzi ho fatto per averti. Ti amo davvero tanto e ti starò sempre vicino ad ogni costo. Non posso permettermi di perderti in ogni caso. Dobbiamo vivere la nostra vita insieme con grazia, non solo spendere.

Quindi, rilassati e non pensare troppo. Non succederà nulla di male".

E continuò: Ankit! Un'altra cosa! (Silenzio assoluto per un po')

Ho perso le mestruazioni per due mesi consecutivi, cosa devo fare?

Le dissi: Non preoccuparti, cara, preparati che andiamo in ospedale per un controllo. Lei si preparò e andammo in un rinomato ospedale multi-specialistico, che non era molto lontano da casa mia. Chiamai la mia amica che dirigeva l'ospedale e le dissi di prenotare un appuntamento con il ginecologo per Kriti.

La mia amica mi disse: Ok capo! Si presenti lì verso le undici del mattino. Fisserò un appuntamento e preparerò tutto.

(La ringraziai e tenni giù il telefono).

Alle undici precise arrivammo all'ospedale. La mia amica Anjali ci accompagnò nella stanza del dottore. Kriti entrò, il medico la valutò e fece alcuni esami. Ha consegnato i campioni di urina e di sangue al laboratorio, che si trovava nel seminterrato dello stesso edificio.

Il tecnico ci disse di ritirare i referti entro un'ora. Siamo andati tutti e tre alla mensa per mangiare qualcosa e chiacchierare per un'ora.

Di nuovo ci recammo al bancone del laboratorio dove dovevano essere ritirati i referti.

Anjali ha raccolto i rapporti e me li ha consegnati. Ho visto i rapporti e li ho raccontati. Tutto era normale, tranne una cosa.

(Entrambe guardavano curiose).

Kriti chiese: Cosa?

Risposi (in silenzio per qualche secondo): (Saltai di felicità), Cara, sei incinta da due mesi e quattro giorni.

(L'ho abbracciata)

Lei (scioccata): Cosa?

(Vedo che non sembra entusiasta di questa notizia).

Anjali sembrava eccitata e molto felice e si congratulò con noi.

Siamo andati di nuovo tutti dal medico e abbiamo visto i referti. Durante la consulenza, ha detto al ginecologo che non voglio questo bambino.

(Ero scioccata e la ascoltavo in silenzio).

Inoltre, ha continuato a dire che non voglio dare alla luce un'altra Kriti.

(Da qualche parte so perché diceva così. Era terrorizzata dal fatto che se ci fossimo separati, cosa sarebbe successo a lei e al bambino). Il medico capisce anche che credo le abbia dato delle medicine e l'abbia mandata dallo psichiatra.

(Anche lei non riusciva a dormire bene).

Il medico ci ha anche detto che entrambi potete discutere e tornare entro una settimana, se volete tenere questa gravidanza o abortirla.

Siamo andati a incontrare uno psichiatra nello stesso ospedale. Lei è entrata nella stanza del dottore e io ero seduta fuori a parlare con Anjali (per tutto il tempo che è stata con noi).

Lo psichiatra la consigliò per due ore, poi le chiese di aspettare fuori e mi chiamò dentro.

Mi disse: Dottor Ankit! Mi dispiace dirlo! Aveva sviluppato un "disturbo emotivo di personalità bipolare instabile".

Questa condizione è piuttosto pericolosa. Ha aggiunto che in questa condizione il paziente è sempre nel suo mondo dei sogni e pensa e conclude di conseguenza. Il paziente non vede la realtà. Non lasciatela sola, potrebbe farsi del male. Perché ha pensieri suicidi. È meglio che la porti due volte alla settimana per le sedute di consulenza.

Ho detto: ok dottore

(Uscito dalla stanza del medico, iniziai a leggere le note di consulenza scritte dallo psichiatra. Conclusi che era estremamente turbata dal divorzio della sua amica e aveva la percezione che quello che era successo ai suoi genitori si sarebbe ripetuto anche con lei).

Ho comprato tutte le sue medicine, ho ringraziato e abbracciato Anjali e sono tornato a casa con la mia cara moglie.

Da allora sono diventato più consapevole e attento a lei, anche per le cose più piccole. In modo che si riprendesse in fretta.

Ho anche chiesto alla sua migliore amica di non chiamarla per qualche tempo.

Mi sono davvero preso cura di lei e le ho anche detto di non stressarsi troppo per la sua gravidanza.

Se non vuole, possiamo abortire. Qualunque decisione prenderà, io sono con lei.

Le ho dato delle medicine, lei è andata a riposare e io sono andato al lavoro.

I due giorni sono andati bene. La mattina del terzo giorno (dal giorno della visita medica).

Era domenica, quindi ero a casa.

Si sedette vicino a me e iniziò a parlare: Lo so Ankit! Ti sto facendo molto male, mi dispiace molto!!! Sono pronta a fare la madre in questo momento.

Le risposi: Non mi stai affatto ferendo.

Se non vuoi, allora domani andremo in ospedale e

chiederemo al dottore di abortire il bambino. Per me la felicità di mia moglie è una priorità assoluta.

(Anche se il mio cuore era pieno di lacrime e mi sentivo avvilito, mi sono controllato per il mio amore).

La mattina del giorno dopo siamo andati in ospedale, abbiamo incontrato la ginecologa e le abbiamo comunicato la nostra decisione. La visitò accuratamente e mi disse che non potevamo interrompere la gravidanza con la medicina. Dobbiamo ricorrere all'aborto chirurgico. (Continua a parlare). Temo di dovervi informare che è debole e che, se ci sottoponiamo a un intervento chirurgico, potrebbe essere letale per lei.

(Francamente, ora ho avuto paura per Kriti. Posso fare qualsiasi cosa per lei e non voglio perderla a nessun costo).

Iniziai a consolarla e a convincerla a tenere il bambino perché se avessimo abortito, sarebbe stato letale per lei. Si è infastidita molto.

Il medico mi diede ancora un po' di tempo per riflettere. Siamo tornati a casa.

Ci furono molte discussioni, persuasioni, ma purtroppo nella sua mente c'era qualcosa di pericoloso. Divenne irremovibile. Non riusciva a capire nulla.

Dopo due giorni, ho lasciato le persuasioni e le ho detto di fare quello che voleva.

(Non voglio farle pressione in alcun modo perché ho paura che non le faccia nulla di male).

Il giorno dopo sono andata in ufficio verso le tre del pomeriggio. Tutto sembra essere sano. Oggi sorrideva e rideva.

L'ho chiamata verso le cinque di sera e le ho chiesto con curiosità che cosa mangia? Come si sente e come sta?

Abbiamo parlato per circa dieci minuti.

Dopo due ore l'ho richiamata. La chiamata non è stata presa in considerazione. Ho chiamato più volte, il campanello suonava. Immediatamente mi sono precipitata a casa mia, che distava circa tre chilometri dal mio ufficio.

(Avevo l'intuizione che qualcosa non andasse, pregavo continuamente Dio che la mia intuizione fosse falsa).

Arrivai a casa e suonai il campanello, Kriti non aveva aperto la porta. Avevo con me una seconda chiave. Così aprii la porta e c'era un buio completo.

Non c'era nemmeno una luce accesa. Accesi la luce ed entrai in camera da letto.

Mi sentii completamente svuotato, e quando vidi che Kriti giaceva sul letto priva di sensi, mi tolsi il tappeto da sotto i piedi. Aveva ingerito quasi più di cento compresse di paracetamolo.

(che probabilmente credo avesse consumato per abortire il bambino).

Ho controllato i suoi sensi e ho chiamato l'emergenza. Fortunatamente l'ambulanza era disponibile vicino a casa mia.

Avevo chiamato anche i miei colleghi, che nel frattempo stavano nella strada opposta. L'ambulanza era arrivata e tutti abbiamo portato Kriti all'ospedale con l'ambulanza.

Chiamai Anjali e le spiegai tutto,

Ho avuto la fortuna che Anjali fosse di turno di notte quel giorno. Kriti fu portata immediatamente al pronto soccorso.

Era completamente priva di sensi. Si trattava di avvelenamento da paracetamolo.

(Avevo paura perché poteva essere letale per la sua vita. Il sovradosaggio di paracetamolo può causare un'insufficienza epatica. Mi sono convinta di averla portata in ospedale in tempo, quindi non sarebbe successo nulla di male).

È stata trasferita in terapia intensiva dopo aver eseguito una procedura d'emergenza; eravamo tutti preoccupati perché, dopo aver liberato lo stomaco, era ancora incosciente. Nei tre giorni successivi è rimasta in terapia intensiva, purtroppo ancora incosciente.

(Ora la cosa mi preoccupa molto. Mi sono mantenuta positiva per tutto il tempo e ho pregato Dio).

Anche i medici del pronto soccorso monitoravano continuamente la sua salute e poi hanno deciso di fare un test di funzionalità epatica per verificare la salute del fegato. Quando è arrivato il referto, siamo rimasti tutti sciocccati nel vedere che il suo fegato era infiammato e aveva quasi smesso di funzionare. È entrato in una fase di fallimento completo.

I medici mi chiamarono la sera e mi dissero che dovevamo fare un trapianto di fegato immediatamente, se volevamo salvarle la vita.

Aggiunsero inoltre: "Ora il problema principale è: chi donerà il fegato?

Ho risposto immediatamente: Donerò il mio fegato. Iniziate pure la procedura, non preoccupatevi di nulla. Ha la mia piena approvazione.

Ho chiesto: Dottore, e il feto?

Dottore: Mi dispiace, signore! La gravidanza è stata interrotta a causa di un'overdose di farmaci.

(Questa notizia è stata il sale sulla mia ferita).

La mattina del giorno dopo, eravamo tutti impegnati nei preparativi per l'operazione di trapianto di fegato, all'improvviso l'infermiera si precipitò verso il medico che era in piedi accanto a me e disse che Kriti non rispondeva.

(Non ha nemmeno terminato la frase, che tutti corriamo verso il letto di Kriti in terapia intensiva).

Tutti cercavano di rianimarla, perché non rispondeva più, e hanno fatto del loro meglio. Purtroppo, non sono riusciti a sopravvivere. Non c'era più.

Questo è stato il più grande incubo della mia vita; nelle ultime settantadue ore ho perso il mio amore, la mia vita, il mio bambino non ancora nato, tutto.

Ero in uno stato di totale shock e di rottura.

Completamente vuota, non riuscivo a capire nulla.

Gli occhi erano asciutti, non riuscivo a parlare.

Eppure, le ferite non sono ancora guarite, l'ho amata molto, l'ho persa.

"Spero che vi sia piaciuto leggere!!! "

Sull'autore

Il Dr. Ankit Bhargava (PT) è un famoso fisioterapista ed esperto di fitness specializzato in ortopedia e fisioterapia sportiva con sede in India. È un talento poliedrico che è anche accademico, ricercatore, Youtuber, blogger, scrittore, imprenditore e fondatore e direttore di AB Healthcare e ABHIAHS. Può essere contattato per feedback, suggerimenti, consulenze e appuntamenti a

www.abhiahs.com,

ID e-mail: abhealthcare01@gmail.com

Instagram id: drankitb_official

www.ingramcontent.com/pod-product-compliance
Lightning Source LLC
LaVergne TN
LVHW041541070526
838199LV00046B/1773